Yoshimichi Koutaro&Akane Senryu Collection SPRIN

すぷりんぐ

川柳句集

吉道航太郎・あかね

新葉館出版

著者近影
（京都府立植物園にて）

海と山
見えて
そこには
妻もいる

航太郎

性格は
とても明るい
チューリップ

あかね

川柳句集

すぷりんぐ

目次

十二単衣
乱れ
ずれてる
おちょぼ口

川柳句集

すぷりんぐ

吉道航太郎作品

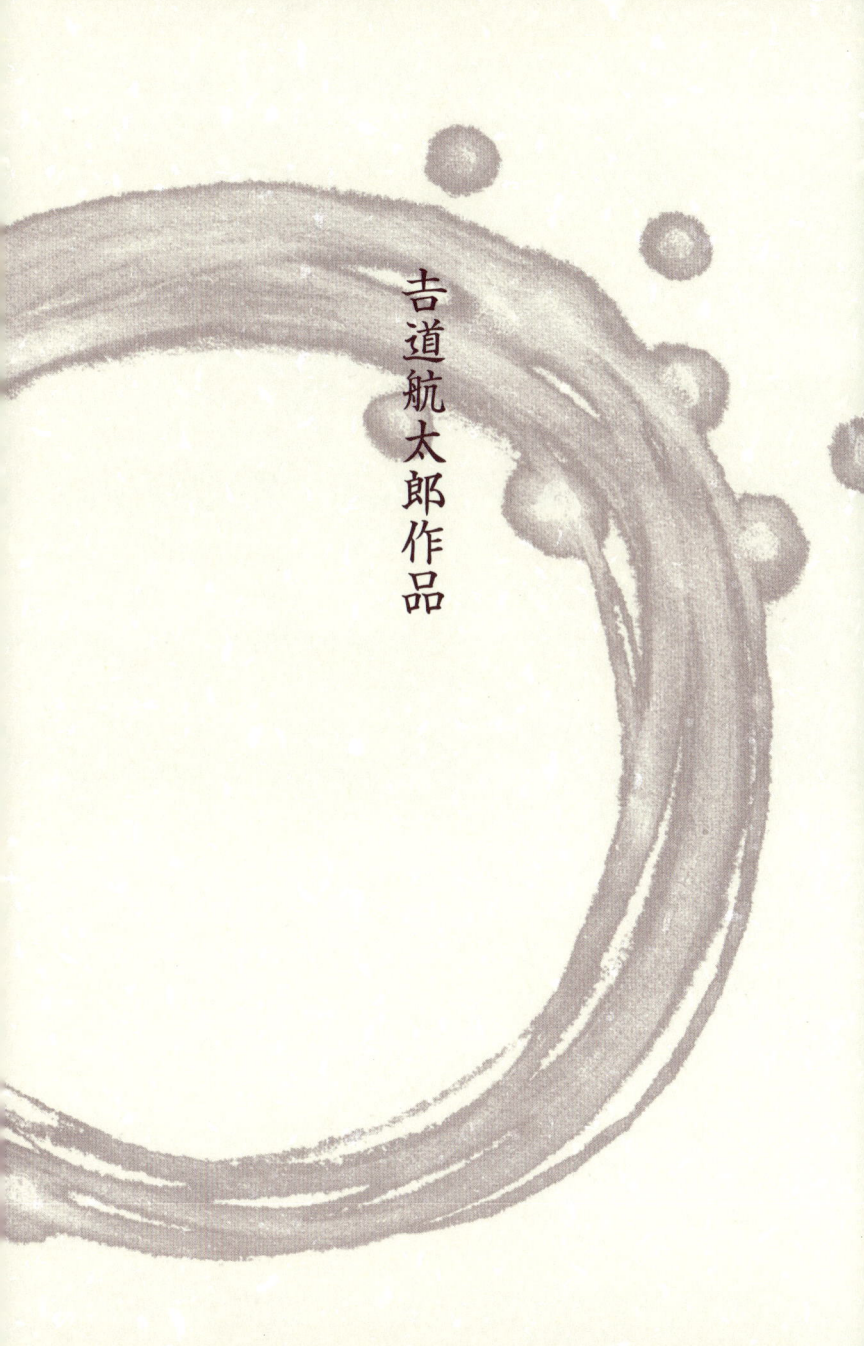

借りのない人生

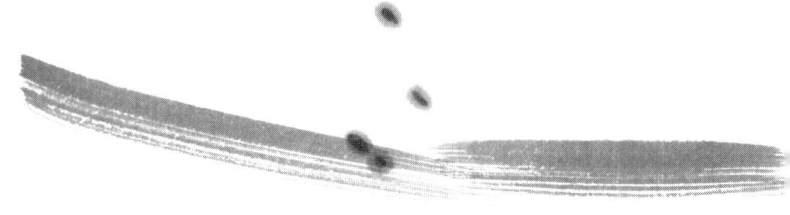

嘘泣きも作り笑いもしてこの世
借りのない人生出世には遠く
底抜けが社にひとり居て温かい

バラ色の余生を阻む低金利
温室で育って崖を甘く見る
無意識に尻尾振ってた自己嫌悪

世渡りが下手で手にした物がある
恩人を時々消去してしまう
振り切った三振だから悔いはない

旗半分巻いてこの場を切り抜ける
泥船を無心に漕いでいる美学
誠意にはしっかりお辞儀する誠意

ひた向きな芝居へ少し用立てる
通したい意地なら雑魚にだってある
転ぶけど起きるスピードなら負けぬ

生真面目が取り柄と見抜く定期券

年金の前途へ着膨れを正す

わだかまり握りつぶしている握手

ネクタイで涙を拭いたことがある
干されたら鰯も僕も味が出る
長々と何処が簡単措辞やねん

変わらねば脱皮のしない蛇は死ぬ
認めてはいるが好きにはなれぬ人
駅までの道近い日も遠い日も

平成の武士がもみ手で登城する
円卓を囲み味方の顔をする
雑踏がオアシス僕も都会人

野に下る竹光すらも抜かぬまま
ふくろうよ悟った顔をするでない
味のある顔だな苦労したんだな

もう若くないから煽てには乗ろう

アイスクリーム売るおっちゃんの流す汗

終点にスタートライン引いてある

苦労した男で歯ごたえが違う
あれ程の男が泣いている本気
生煮えをしぶしぶ食べている妥協

とろとろになるまで常識を煮込む

雑用が堆肥になった太い幹

モノクロの顔が揺れてる終電車

飲み込めぬ言葉を酒と流し込む
寸劇でほっとしている無言劇
枯淡の美わたしもドライフラワーも

へつらいもこびもお顔にない羅漢
銀河系に異臭を放つ星がある
健気とは与勇輝の少女達

三年を過ぎて冷たい石もある
語尾までが刺さる波長の合わぬ人
伴奏が鳴っているのに歌い終え

冷や飯のうまい食べ方修業中

一日を惰性で生きた肩の凝り

税務署と警察恐くない暮らし

肩書きは聞くな仕事を聞いてくれ
逆境が友を選別してくれる
半生を喝采おくる側の役

あなたには声にならない恩がある
交代の潮時だろう生あくび
二幕目は尻尾振らない役が良い

博愛は分かるが腹の立つ隣

肩書はないが心底打ち込める

札束で縛った紐はすぐ解ける

真面目さを弁当箱が知り尽くす
切れ味の良いハサミだが癖もある
口笛を吹いてスペアに徹し切る

抜擢の椅子に座ったことがない
団塊に生まれて並ぶのに慣れる
少しだがきれいなお金ですどうぞ

六十になったら仮面焼き捨てる
世間体何と重たいコートだな
結び目をプチンと切ったのはおカネ

飲み込んでおけば良かった捨てぜりふ

一言が過ぎて酸っぱい仲になる

舌打ちのところで消しておく火花

団塊は十把一絡げでないぞ
傍観の目には綺麗な狂い咲き
実直と分かる両手の紙袋

白旗をきちんと巻いている品位
すんなりと釣られはしない雑魚の意地
輪を抜けて輪の輪郭が見えてくる

逆風に向って歌う声の張り
野良犬の覚悟ひもじいとは言わぬ
先頭にぴったり付いている気概

若き日の鉄砲玉を懐かしむ
忘れてはならぬ拾ってくれた神
そうらしいですねと一歩引いている

それからをカラッと揚げてから話す
坂道を喘いだ頃が華でした
言い過ぎを酒で薄めるつもりだな

札束の耳を揃えたことがない
泥臭い男だ組んでみるとする
皮剥けばむく程面白い噂

ダンゴ虫もタデ食う虫も仲間です

我ながら気張った頃の良い笑顔

心地よい距離だスープを温める

平成の武士に二言が多過ぎる
背もたれが綺麗で流れには疎い
勢いのあるコンパスで角がある

薄皮の知識を面に貼り付ける
ご批判は承知キリギリスを生きる
生きるとは坑道を這う男女の絵

飛び跳ねた日の饒舌な日記帳
それ程でない奥の手を隠し持つ
真っすぐな釘を曲げてる大人たち

悪友が僕を藁打ちしてくれる
峠とっくに越えたと知っている周り
下積みの石に歯形がついている

香典に糸通す役任される

あの会釈軽く見られているようだ

人望が白紙委任を取ってくる

つながれて気付いた野良犬の気楽
絶妙の相槌負けたなと思う
空っ風世間はこんなものと知る

御見事な負けっぷりだと向こう傷
充電へしばし暗転幕降ろす
アンコール舞台の袖で待つとする

目の力映してほっとする鏡

詮索はお気の済むまで雀たち

野に下るシャイな背中を見ておくれ

薄明かり此処はどうあれ帆を揚げる
逆流を泳いだ顔が頼もしい
裏ごしをされて無害になり下がる

リズムなど知ったことかと歌い切る

歴史小説社の面々を当てはめる

肩の荷が降りて背中が痒くなる

私などとてもとてもと言う野心
上等の鎧を影武者に着せる
勢いに乗ればカタツムリも走る

荒波は木の葉になってやり過ごす

灰皿にギュッと迷いを断った跡

人間の傲慢裁く川の色

社を通り越したい今朝の日本晴れ

目を閉じて眺める定年の辞令

定年へ粗い目盛りの差しを買う

定年へ九回裏をまだ信じ

はっきりとノーが言えます定年日

枠というわく取っ払う定年日

早期退職　長閑な時間食べたくて

定年へ種は色々撒いておく

定年へさっさと剥がす世間体

買い被りございませんか拾う神

いい顔になった挫折を知ってから

人が好き世捨て人にはなれませぬ

ロマンスグレーさあこれからが僕の春
よれよれの夢にアイロン当て直す
終点だ急いで降りることはない

もう少し踏ん張る定期券を買う
帆を降ろし流れてみるか第二章
これからは一年草で生きてゆく

泥んこの笑顔

風邪やなと退屈そうに医者が言う

雪占を話す農夫にない気負い

梅林へ春の序曲を聴きに行く

ケータイを持った人間臭い猿

おすそ分け行ったり来たり春の宵

人間に放されゴミの名を貰う

お店では売ってませんと売るサギ師
このように夏は暮らせと阿波踊り
方言を忘れのっぺら坊になる

どの顔も優しい村のバスのりば

すり硝子に換えてほしいと言う金魚

お見舞は寝癖のついたままで行く

だんじりが走ると空気まで爆ぜる
大阪のおばちゃん幽霊にはなれぬ
白くてもあるだけましと散髪屋

厳かに廊下を歩く尿カップ

飼い主にやかましくない犬の声

少子化の憂いを他所にプチトマト

半分は吸うて音出すハーモニカ
赤ちゃんにかなわぬ桃もマシュマロも
猿でない証拠に本を読んでいる

絶好の風だタコ糸継ぎ足そう

原爆忌拳を握り直す日だ

昨日までおヘソを出していた晴れ着

素直だが少し気ままなチューリップ

土壁の頃は良かったなとネズミ

知らぬ間に聞き出すオバチャンの特技

笹かざり吊す大人もまた無心

スーパーへ秋たけなわを嗅ぎに行く

時代小説僕はさながら素浪人

薬局か医者かで迷う七度二分

少年の笑顔に混じり物はない

寅さんの字引きにはない落ちこぼれ

知らぬ間に知らない人も居る焚火

あの人が通ると酸素薄くなる

門のない家だが笑い声絶えぬ

僕だって君の湯たんぽならなれる
泥んこの笑顔に明日を託そうか
色鉛筆ほどの色香は柩まで

雑音はまとめて不燃ゴミに出す

メガネ屋の眼鏡はどれも涼しそう

頬づえはひとりつくから様になる

どの国のどの人の血も真っ赤です

惜別の号泣だろう蝉しぐれ

やり直す気力新米から貰う

還暦を過ぎたらアドリブで暮らす
駄菓子屋のおばちゃん歳をとりはった
風船を見上げる自転車を止めて

面食いにオコゼの美味が分からない
雨が降る雨には雨の歌に酔う
一本の絆縺れても縺れても

カーリングあの眼差しを学ばねば

頭数並べて注ぐ紙コップ

風邪だけは一番先にもろて来る

脳みそへ風を当てたい時がある
鈴の音で祈りの重さ分かる神
お仕置きへ裸にされている人形

噴水が僕を胴上げしてくれる

絵手紙に描くとほっこり和む鬼

お魚も私も気どる白ワイン

三日後はさぞや見事という花見

青と藍程度の誤差は許されよ

家計簿を眺める妻に茶を入れる

百歳の自慢が耳に心地よい
くれぐれも匿名にてと言う善意
偏差値は言うな優しい子じゃないか

本当の金持ち財布など持たぬ

良性のポリープ大き目に話す

母鳥はしんがりだろう茜雲

二羽で飛ぶ

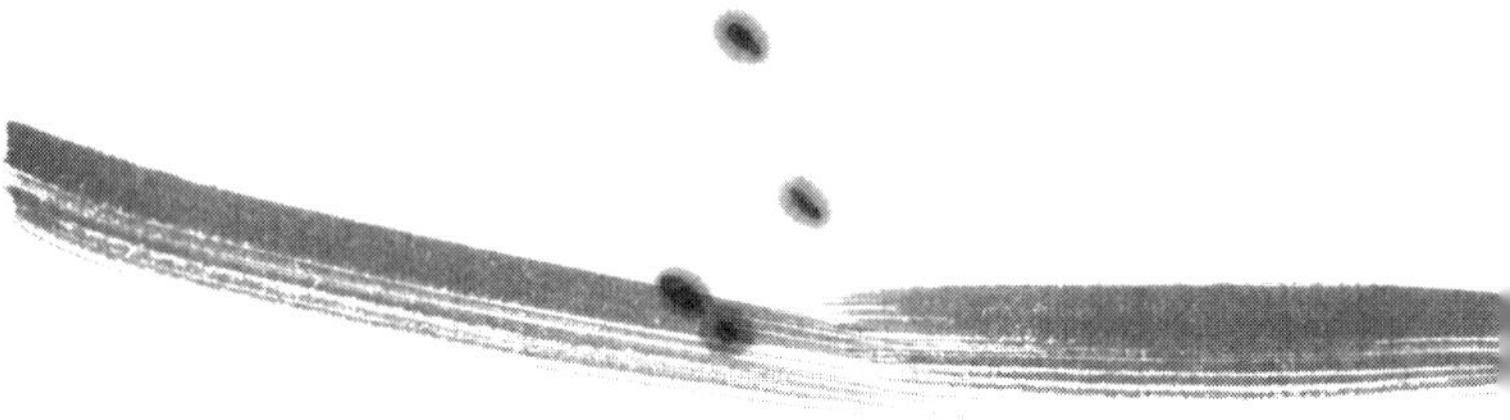

死に急ぐことはないよと蝉に言う

特技など無いが上手に餅を焼く

染み一つ付いて純白ほっとする

澄んだ目の必死を神は見捨てない

刃こぼれを上手に使う妻といる

来世でも妻の握ったにぎりめし

晩年にこの福耳が物を言う
十人十色を薄めて生きている
ギャンブルになると暗算冴えてくる

菜園で知った一雨待つ暮らし

パレットにこの茄子の色出せますか

筋書きへ朱線を入れて生き延びる

酒旨しもしもは思わないことに
餅丸く揉んで私もまるくなる
薄味へ振りかけてある妻の愛

始発駅随所にあって救われる
いのちより大事なものでよく揉める
お互いを反響板にする夫婦

朝顔も僕もつっかい棒が要る
ときめきはないが門灯あたたかい
こんな夜は息子が欲しいなと思う

ごみ漁るカラス笑えぬ妻の留守

バリウムを上手に飲んで褒められる

大半が冬だと思う人の四季

葉桜になるまで少し狂います
順風になるまでだんご虫でいる
枯葉舞う僕のラストもあのように

一合で二合ほど酔う妻の酌

スイッチオンやがて煙になる命

腹筋を鍛え余生に立ち向う

日曜の朝は鏡も気を許す

僕は今確と生きてるご焼香

教えたらすぐに追い抜く妻である

若いねと言われて腹をへこませる

妻という好リリーフが居てくれる

あかん子はいない勉強あかんだけ

平熱を通す男でもの足りぬ
神様も近ごろエラー多過ぎる
プライドを捨てたら友達になれた

靴ひもを結び初老を意識する

身を捨てて暴投受けてくれる妻

節度ある人だと思う白い襟

牛の胃を拝借したいバイキング

還暦へ先ず両親にありがとう

今ふうのファッション寝起きかと思う

無事是名馬妻なればこそなればこそ

ソムリエになれぬ慢性鼻炎です

悲しくて辛くて踊ることもある

人間を真似てるだけというカラス
衣装映え化粧映えする妻である
つぶやきは聞かれたくない聞いて欲し

衣食住足りて祈りが雑になる
ひたすらに笑えと百歳のヒント
お金には縁がないねと剥くみかん

良き友の横にいけずな伴侶達
実行をすれば死刑にきっとなる
不器用な僕にもバナナなら剥ける

洗濯機今朝は機嫌が良さそうだ
それなりにずぼらも動く妻の留守
子のいない夫婦に趣味という子ども

君とならコントを演じ切れそうだ
血より濃い縁はないと咲くムクゲ
あなたとは親しくしたいから貸さぬ

僕はぼくなりに鳴きます蝉しぐれ

鈴虫も悲しい声で鳴く訃報

悠然と輪を描くトビよ汝は亡父か

別れとはこんなものかと仰ぐ天

にんげんがくっきり見えて来た葬儀

仮りの世を凝りもしないで鬼ごっこ

しゃっくりに効く朝刊を取りに行く

悔いのない一生でしたネと他人

とりあえず笑顔と会釈だけ返す

店員が手頃てごろと言い過ぎる

身から出た錆も私の色である

三畳の書斎に僕の小宇宙

磨いたらまだまだ光る妻である

あの鳥も子のない鳥か二羽で飛ぶ

二つ三つ内緒があって良き夫婦

父もまた負ける喧嘩が好きでした
自分は自分束ねられても盛られても
良いこともあるねとワイン抜く夫婦

脇役の僕にも妻という黒衣

中の下この気楽さがたまらない

母に詫び父にもわびて迎え盆

どしゃ降りを一緒に駆けてくれますか
焙ろうか炒ってみようか今日の鬱
ほんものの笑いだ目から笑い声

加齢臭蚊は嫌いではないらしい

真っ新の肌着で除夜の鐘を聴く

戦友の頃の夫婦を知る番茶

君となら君なればこそ渡る橋
フライパンかき混ぜ自立への一歩
弱いから時々毒を吐くのです

だんだんと自分の顔に似る仮面

母の味薄れ夫婦に味が出る

動くもの何でも好きで淋しがり

爆竹がよろしい僕のご出棺

眼差しで語れば誤解など生まぬ

瀕死の僕へタオルを投げてくれた妻

誰にでも取柄があるという侮辱

晩節は春の小川を流れたし

飯茶碗確と掴んで逝くとする

自画像へ足さねばならぬ色がある

同情はお止し下され茜雲

ぼそぼそと咳くぽろぽろと本音

一冊の絵本を羅針盤とする

凡人に極という字は縁がない

一駅のうたたね老いたなと思う

拾うまで父が睨んだごはん粒

不器用で切手の位置がずらせない

ここに来て妻は綺羅星だと気付く

すぐ後に逃げ場作ってくれる妻
凡打でも拍手をくれる妻が居る
授かれず生まれた夫婦愛もある

傷心の妻よ翼は折るでない
ほんのりで良いから香りたい没後
今一度弾んでみるかスプリング

川柳と川の字に

吉道航太郎

子供のいない私たち夫婦にとって、いまや「川柳」は可愛い娘かもしれない。「夫婦同じ趣味で、どこへ行くにも一緒でよろしいね」と友達は言う。確かにどこへ行くにも「川柳」を連れて行く。

四年前、ふとしたきっかけで新聞柳壇へ投句、幸いにも三回目で入選することができた。「時さんも出してみたら」と妻にすすめたのが、そもそも二人で川柳を始めることになったきっかけである。たまにではあるが、二人揃って入選した夜は乾杯をしてささやかな祝宴となる。

やがて堺番傘川柳会の同人に加えていただき、小句会、本社句会、各大会と二人で足を運ぶようになり、現在、雅号も付けて、私は博章から航太郎、妻は時子からあかねになっている。これまで、お互いの句に励まされたり勇気づけられたりしたことが多い。

私にもあなたの女神ならなれる　　あかね
大袈裟に痛いと言える妻がいる　　航太郎
ほろ酔いの夫に愛を確かめる　　あかね

ロゼワイン妻が女に見えてくる　航太郎
世渡りの下手な男を好きになる　あかね
紫が褪せて家風に馴染み出す　航太郎

川柳の楽しみ（苦しみも多いが）は、作句以外に句会への参加、仲間との出会い、交流が大きな比重を占めていると思う。句会後、グラスを傾けながら川柳論を闘わせたり、取りとめのない話に花を咲かせたりするとき、「川柳っていいなあ」とつくづく思う。また、家庭菜園に精出している妻の、唯一のオシャレをして行くところは句会である。「今度この服、大会に着て行こうかな」。夢はもう大会に馳せている。

現在では、年賀状も、職場と川柳関係との枚数が逆転していて妻のほうが多い。私の両親の介護で妻が滅入っているとき、励ましの電話や手紙を仲間の方から頂いたり、また、大会で知り合った遠方の方からもいただいたりする。心からのお便りに、私たちは涙が出る思いで、趣味の仲間の有難さを実感している。

そもそも我流から出発した私たちは、基礎をＮＨＫ学園の川柳講座に求めた。その甲斐があって、昨年の生涯学習フェスティバル根上大会で私が特選に、妻が秀作に入選することができた。二人にとって結婚以来の人生最良の日であった。特急「スーパー雷鳥」に乗り、胸弾ませての大会参加はいまも鮮明によみがえる。

夫婦の旅行も、大会出席を兼ねた旅行が大半である。先ほどの石川県根上町、大分県湯布院町、岐阜県郡上八幡町、岡山県久米南町など、いずれも川柳のご縁である。川柳大会出席といえば両親も公認で、大手を振って出かけることができる。

二匹目のどじょうを狙って大会二、三日前の夜は、必死である。押し黙って二人で指を折っている光景は、第三者から見れば異様としか言いようがないであろう。お互い句を見せ合うことは一度もなく、抜けたら会場でわかるのみである。

いまの二人の大きな目標は、十一月四日、広島県大竹市で開催される国民文化祭での入選である。昨年の郡上八幡大会は、残念ながら全没であった。「今度こそ」と闘志を秘めているところである。読者の皆様と会場でお会いすることがあれば、声をかけていただけたらと思う。

何年後になるかもしれないけれど、二人の分身になる、小さな句集を発刊できたらと考えている。それまで、一句でも多くの自信作を残せるよう、ライバル意識を燃やしながら頑張っていきたい。子供に恵まれなかった私たちに川柳はたくさんの友達を作ってくれた。これからも素晴らしい出会いを楽しみにしている。

私が死ねば夫はきっと江藤淳　あかね
直球を投げ合い腹の減る夫婦　航太郎

（『川柳春秋』59号・平成12年10月）

吉道あかね作品

赤鉄橋

故里の港たっぷり寝溜めする
七癖の中には父も母もいる
梓川の流れ生き方変えました

赤鉄橋見えて故里近くなる

クレマチスの青弟の忌がめぐる

肝心なことを忘れた長電話

いい汗をかいておかわりするごはん
正装をすれば言葉も標準語
日向水こんな優しさだってある

子のいない夫婦子供に好かれてる

問診票に根掘り葉掘りを書かされる

三人の母を語れば雪になる

両の手を合わせ生まれるおかげさま
子がいたら出来ないことをしてやろう
暫くはゆっくりせよという古巣

諺の中に生きてる知恵がある
思い出の駅にまぶしい君がいる
トンネルの中で握った温い手だ

定年後舟は本籍地へ向う

故里に鎧兜を脱がす風

四万十の青は心療内科だな

次の世も生んでほしいと母泣かす

大切な夫を生んだ親を看る

びっくり水時々かける更年期

朝顔を数え始まる日の会話

立ち枯れのオブジェ地球は病んでいる

ゼロいくつつけても命には足りぬ

この歳になれば分かると母が言う
蝶結びされて女は縛られる
桜から桜でひとつ歳を取る

体型も涙腺までもゆるゆるに
ねこじゃらし秋のリズムで揺れている
大根の花は母さんだと思う

わがままな人わがままと気がつかぬ

これが最後さいごとつなぐ母の糸

ケアハウスの父にも学ぶ生きること

ふるさとの風身の丈でいいと言う

歳月が裁く氷が水になる

サンバからワルツになった秋の海

先生が神さまになる回復期
生かされてカルテの中にある記録
打ち明けて半分楽になる悩み

この父があって私はたくましい

これからが本物ですと落椿

カルピスの君にも孫がいるという

時々は非常口にも風入れる

ふるさとの酒で消毒して帰る

コトコトとおかゆをたいて和む顔

年末の家事解放という至福

春一番すみれたんぽぽから便り

赤とんぼ歌う私は泣いている

机置き主婦のお籠り堂にする

スピーチが短かかったと褒められる

長男の嫁で仲間にしてくれる

白く咲く花がまぶしいなと思う
今日も無事食事の進む父がいる
夫婦から空気になって今あうん

言い訳をしない野菊が風に揺れ

長生きの坂でことさらいるお金

椿ポトリあれは男の涙です

筋通す男の眉が美しい
さくら餅うれしいことがありました
あの頃の駅で私を確かめる

三歳のあのね詩人のつぶやきだ
迷子のこ母のない子は泣きません
鎖場を登り可憐な花にあう

故里の空が恋しい竹とんぼ

産んでくれたただそれだけで恩がある

今日のこと今日に済ませて見る夕日

溺愛の花

タイムカプセル愛を真空パックする
編み棒がせっせと動く聞き上手
たっぷりの愛が重荷の時もある

浪花節好きな男と暮らしてる
いい背中とことんついてゆくつもり
お誘いの花まるがあるカレンダー

愛してる愛しているというお経
許したら私の海は凪いでくる
健康な心　泣いたり笑ったり

悪女にも魔女にもなれぬ丸い顔

盆栽も私も補正ワイヤ入り

春に咲く夢を埋めてるプランター

たんぽぽと飛ぶ約束のスプリング

そばにいて大きな愛に気付かない

寒さよけ夫の後について行く

逆縁の帯はきつめに結んでる

生真面目な愛だと分かる楷書の字

安心の位置で低温火傷する

ウール100ぐらいの愛で包んでる
この白髪きっと私のせいですね
不器用でほっておけないたて結び

嬉しいな時計が春へ動き出す
笑い過ぎた顔に今夜はパックする
そっと腕からませてみるフルムーン

よその子をたんと抱いてもあやかれぬ

産めぬ女にピリオドを打つ夏みかん

特上をひとりで食べる淋しい日

バシャバシャと洗い流している未練

安全牌の人と食べてるふかし芋

ドカンドカン私の愛を打ち上げる

ＥＥＥのガラスの靴が見つからぬ
遠花火逢わない方がいいのです
真珠抱く貝の涙を見ましたか

老いるとはぼろぼろこぼし生きている
輝いた記憶で君を介護する
大丈夫妻が言うからだいじょうぶ

神さまは見ているからと慰める
赤ずきんちゃん狼からのメールだよ
お似合いだけどおもしろくない美男美女

お互いの急所は知って知らんぷり
君とならば地獄までもといういのち
フリージアを活けてチャイムを待っている

愛情の種を詰めてる茶わん蒸し

どちらかが残る話になる不安

淋しいと言わず静かというくらし

枯野まで道連れになる杖になる
惚れられた方が強気になるのです
その先はおひとりさまで渡る橋

そっとしておこうトーンが落ちている

溺愛の花は支柱がいるのです

子のいない夫婦の飾る夫婦雛

昇進のネクタイ選ぶ嬉しい日

晴れの日の夫の靴を磨いてる

今度はうちに生まれておいで流れ星

半音を上げて夫を送り出す
好きな人の胸に私の墓建てる
今ひとときき寝かせておこういい酒だ

やさしい人だ花の名前を知っている
満点でないから支え合うふたり
開花宣言シンバルが鳴りました

木綿豆腐のような男について行く
告白のあの日がふわり胸にすむ
一番好きなところが嫌いになる別れ

咲きかけの蕾でいつも逢いに行く
喜んで終身刑になる指輪
どの色も涙で溶けばやさしいね

青春の広場で恋に恋してた
あなたはあなた他の誰とも比べない
命日よりまだ誕生日覚えてる

二人いるただそれだけでエネルギー

美しい妻ならきっとくつろげぬ

噂にもならない人と飲むお酒

心の中に同じ景色を持つふたり
優しさが裏打ちされている強さ
夫ばかり見つめて疲れ目になった

痒い所に届くその手が宝物
Ｙシャツの白さ夫を飾ってる
頑張れと言えず大事にしてという

もう一度打ち水をするまだ来ない
さくら茶でもてなす人を待っている
たくさんの涙流した人の手だ

悲しみが半分になる人と住む
ありがとうの声嬉しくて又気張る
ガラス張り金魚みたいな夫婦です

あなたの胸に沈む夕日になるのです

ペットショップの犬は悲しい目をしてる

△を付けて返事を待っている

いい時間還暦からの赤い糸

どんな言い訳しても戦で人が死ぬ

癖球のコツも掴んで真珠婚

ただいまと空弁当は縦結び
黙々と平らげている上機嫌
いじめてる方にもきっと深い傷

守りたいものがあるから攻めている

ジャムを煮るやさしい顔になってくる

セーターを編む楽しみの日向ぼこ

幸せな時間のんびり豆を煮る

もう一駅歩きましょうか星月夜

指鉄砲でズドンと放つ恋敵

笑顔の武器

人の倍努力しているガラス玉

春の色揃えおしゃべりする絵筆

人は変わるだから人生おもしろい

隠すものあって女の袋縫い
ウトウトは私に丁度いい温度
恥かいた数で人間らしくなる

言いたいこと明日に延ばす平和主義
不器用でボール先行ばかりする
そのまんま写らないのがいい写真

染めむらがあってほのぼのいい夫婦

夢だけで満腹だった頃がある

少し空気を抜いて同居を決める毬

冬木立祈る形になっている
かすり傷ぐらいと思うのは女
丸い石苦労ばなしは語らない

くやし涙こぼしてドラマ熱くなる

健康な美人コロコロよく笑う

恥かいて覚えたことは忘れない

私を本気にさせた門がある
スカーフで生年月日包んでる
赤鉛筆でチェックしているエンマ様

最後のページきっと笑っている私
流れなければ川も私も濁り出す
戦いすんでやがて悲しい子守唄

どの色を足せば心は澄むだろう
雑用と言えば仕事は雑になる
前向きのヒント赤毛のアンを読む

この涙きっと私を強くする
風に吹かれる花の弱さと強さ見る
沈むだけ沈み浮くこと考える

私にも九回裏があるのです
泣きながらお米を研いだことがある
女には女の嘘がすぐ分かる

打楽器の音で鳴ってる偏頭痛

一万歩歩いて今をキープする

波乱万丈　小説ならばおもしろい

泣いて笑って今が幸せ今が好き

忘れないと思い続けるのも供養

心地好い汗でいただく参加賞

少しずつ毒飲みながら強くなる
恋は終り夜店の金魚冬を越す
見られてる意識で女磨かれる

感覚のずれ日本語が通じない
レールから外れて見えて来た景色
たんぽぽとならばどこでも生きられる

あの頃の私に今は胸を張る
颯爽と書いて背筋を伸ばしてる
言い訳はしないその内分かるから

嘘と知りつつ癒されることあるのです
なるようになると思えば明るい日
休んだら転ける自転車漕いでいる

エプロンでおしゃれしている誕生日

赤ワイン少し酔ってもいいですか

女の涙種も仕掛もあるらしい

断ち切れば絆は他人より他人

どこででも生きる雑草から学ぶ

嵐のあとの悲しいまでの青い空

正義の面つけて戦う鬼がいる
好きな理由はないが嫌いにある理由
女の城汚さぬように生きている

向日葵の涙を月は知っている
損をして見えてくるもの悟るもの
糊付けをせねば私もブラウスも

瓶の蓋男の力いるのです

親鳥になれぬ卵を抱いたまま

真っ白よりもオフホワイトで疲れない

曲線のあたり女を残してる
順調に錆びて私の色になる
湯戻しをすればやさしくなるのです

ラッピングされて本物らしくなる

主婦業は八時閉店致します

満腹で飛べない鳥になりました

催促をするのに頭下げている
大波小波私を丸くしてくれる
煮こぼれはきっと建前だと思う

横に振る首で頭痛が続いてる
不器用で玉虫色を嫌い抜く
大声で威嚇している負けている

野に咲いて花は哲学持っている
川の字に寝る幸せを聞かされる
何もないこれほど強い武器はない

傷ついた場所はやさしさ知っている
咲いて散る花にもきっとある痛み
青空に答をもらうことがある

これからは優しい嘘がいるのです
幸せが何よりという恩返し
乗り越えた節目節目が美しい

マンゴーと女完熟から悟る
心を洗うローカル線に乗っている
北風が叱る私のいくじなし

美しい人美しい箸づかい
とびきりの写真選んでおくやがて
にぎやかな顔ですみれにはなれぬ

時々は生きているから噴火する
冬があるから春はやさしくなるのです
神さまは背負えるだけの荷をくれる

真っ白なブラウス主役より光る

美しく飾ればもろくなる言葉

原石のゴツゴツ感にある魅力

人間でいようういようと傷を負う
人間で良かったなあと花の下
てのひらでつつめばすべてまるくなる

失敗もつなぎ合わせば学歴に
失う時は別の何かを拾う時
惚れ抜いてひとつの鍵を守り抜く

救いかも知れぬだんだん物忘れ

美容室の鏡に無理を言っている

七難を隠す笑顔の武器がある

良いことがたまにあるから生きられる
泳げない人は決して溺れない
捨てれば楽な意地が私を支えてる

四捨五入すれば人生吉と出る
裏打ちに涙のあとがありました
冬の時代あって根っこはたくましい

迷ったら答をもらう本がある

第二章茶碗と箸を新にする

夕立のように大泣きして晴れる

脳みそに霧吹きかける本を読む
白黒をつけて淋しいなと思う
パステルカラー背景にする第二章

見え過ぎる眼鏡に辛い時がある
しがらみを捨てる私の衣替え
ジグザグに歩いて絆深くなる

向い合う形で干しているパジャマ

少し不運で冬咲く花が好きになる

悲しみが沈澱してる澄んでくる

泣いた分だけ今は笑って生きている

好きな色が似合う色とは限らない

きれいごと書いてポキポキ折れる芯

人間が辛い時程よく見える
これぐらいで済んだと思うことにする
人間が深く濃くなるたそがれだ

大袈裟に言って薬を増やされる
アングルを変えて錯覚だと気付く
本心は背中に書いてあるのです

コツコツと汗かく蟻で競わない
やさしさは塩が甘いと知ってから
十人十色心閉じたり開いたり

暇人と思われる程暇でなく
光と影神は半分ずつくれる
生きてさえいれば流れは又変わる

忙しい人に仕事がよく回る
不器用で自分の色を崩せない
生き方が顔に出てくる折り返し

通販の誘惑少し派手を買う

深い溝予感している丁寧語

子授け地蔵縁はなかったけど撫ぜる

子供なしで生きると決めて願を解く

分別がまだ軸足に残ってる

皺の数増えて人間やわらかい

こんなにも強い私の傷だらけ
お品書き見ながら待っている至福
幸せの隅に油断が溜り出す

あこがれといわれる夫婦子がいない
ウエストのくびれあたりにあるけじめ
私のどこを切っても意地っ張り

たったひとつの卵も生めず黄昏る

ゆらゆらと揺れてやなぎは頑固者

二月堂の炎は春へ走り出す

ゆずり葉のからくりを知る潔さ
幸せのかたち他人と比べない
更年期女の殻をふわり脱ぐ

乗り越えた坂が味方になってくる
自由奔放女の敵に憧れる
去り際はさようならよりありがとう

あとがき

いつかいつか、私たちも句集が出せたらいいねと言いながら、結婚四十年の年に思いを実現することになりました。

川柳を始めて十五年。

二人合わせて六千句余りの整理は大変なものでした。手や目が痛くなって何度も中断しました。また、句の未熟さを突き付けられた思いで、しばらく整理を休んだこともありました。

そんな中で実感句を前に、この句でふっ切れた、この句で頑張れたと胸いっぱいになり、未熟でもいい、丸ごと私たちの生き方だからと開き直りました。振り返れば五・七・五で自分を励ましてきた自分自身への応援歌だったと思います。川柳があったから、思いを文字にして前を向くことが出来たと思います。

句集のタイトル『すぷりんぐ』は二人の誕生月の四月と、スプリングに「飛ぶ、跳ねる」という意味があることから、ここでもう一度飛び跳ねてみようと『すぷりんぐ』に決めました。

手作りの句集を、と題字はあかねの手書きで、序文、跋文もあえてお願いしませんでした。

二人よがりの句集かも知れませんが、私たちにとって掛け替えのない作品集になりました。

二人の生活のリズムは、川柳を基軸にして回っています。無所属の気楽さから、気の向いたときに、行ってみたい句会や大会に足を運びます。国民文化祭や日川協の全国大会にも積極的に参加しています。普通の旅行では味わえない、その土地の郷土芸能のアトラクションを楽しみ、特産品をいただく。旅行をかねた大会で共通の友達もでき、それも二人の財産になっています。

これからも川柳と道連れに、新しい出会いを楽しみにしたいと思っています。

最後になりましたが、新葉館出版の松岡恭子さんには私たちの気儘を快く受け止めて下さり、適切なアドバイスをいただきました。本当に有難うございました。

平成二十四年三月

吉道　航太郎
あかね

子のいない
夫婦も祝う
かしわ餅

川柳句集
すぷりんぐ
○
平成24年4月29日　初版発行
著　者
吉　道　航太郎
吉　道　あかね
〒597-0061　大阪府貝塚市浦田71-1-801
TEL・FAX 072-432-1477
発行人
松　岡　恭　子
発行所
新　葉　館　出　版
大阪市東成区玉津1丁目9-16 4F 〒537-0023
TEL06-4259-3777 FAX06-4259-3888
http://shinyokan.ne.jp/
印刷所
株式会社シナノ
○
定価はカバーに表示してあります。

ISBN978-4-86044-460-0